新时代诗库

地球的工号

马　行　著

中国言实出版社

图书在版编目(CIP)数据

地球的工号 / 马行著 . -- 北京 : 中国言实出版社，
2023.3

ISBN 978-7-5171-4407-6

Ⅰ . ①地… Ⅱ . ①马… Ⅲ . ①诗集 – 中国 – 当代
Ⅳ . ①I227

中国国家版本馆 CIP 数据核字（2023）第 044484 号

地球的工号

责任编辑：郭江妮
责任校对：邱　耿

出版发行：中国言实出版社
　　　　　地　　址：北京市朝阳区北苑路180号加利大厦5号楼105室
　　　　　邮　　编：100101
　　　　　编辑部：北京市海淀区花园路6号院B座6层
　　　　　邮　　编：100088
　　　　　电　　话：010-64924853（总编室）　010-64924716（发行部）
　　　　　网　　址：www.zgyscbs.cn　电子邮箱：zgyscbs@263.net

经　　销：新华书店
印　　刷：北京中科印刷有限公司
版　　次：2023年3月第1版　　2023年3月第1次印刷
规　　格：880毫米×1230毫米　1/32　　6.5印张
字　　数：100千字

定　　价：58.00元
书　　号：ISBN 978-7-5171-4407-6

《新时代诗库》编委会

马行，生于山东，毕业于南京大学，SGC2107 勘探队名誉职工，2004 年加入中国作家协会。系中国石化作家协会副主席。作品获中华宝石文学奖、中华铁人文学奖、山东省泰山文艺奖（文学创作奖）、中国工业文学电影剧本奖等。

Ma Xing, born in Shandong Province, P.R.C. and graduating from Nanjing University, an honorary Staff of SGC2107 Prospecting Team, is vice chairman of the Association of Writers from Sinopec. He has been a member of the Association of Chinese Writers since 2004, and also the winners of the Treasure Prize of Chinese Literature, the Iron-man Prize of Chinese Literature, the Mountain Tai Prize of Literature for literature creation and the Prize of Screenplay of Chinese Industrial Literature .

新 时 代 诗 库

目 录

CONTENTS

01 时光号

1

02 勘探号

03 戈壁号

04 地质号

07 大风号

10 石头号

01

时光号

地球的工号

日复一日，地球也是它自己的一位勘探师。

——题记

之一

地球已 46 亿岁，但地球依然在前行

西部无人区的雪山大漠已有些年迈，但勘探者依然在奔赴

我和我的无人区，以及我的勘探队

属于同一个远方

我是观测员，我像熟悉繁华一样熟悉荒凉

每天扛着三脚架，背着观测仪

调整大风与黄沙的地理参数

测量并记录下，昆仑山一棵雪莲与天山一株骆驼刺的距离

我熟悉所有的勘探者

大部分来自人间

还有一些，习惯于夜间施工

我坚信他们可能来自月亮之上

另有小部分，高冷又孤独

也许来自火星

我们出发，我们跋涉

我们在太阳和月亮的陪伴下

携带着现代与信息化的勘探装备

穿行在三维与二维

空间与时代之间

我把摇摇晃晃的卡车驶出山谷

举目望去，前方的雪山略显寂寥，薄雾中

隐约有鹰在飞

之二

西边劲风，跨过大唐古道，不时吹进勘探队大本营的铁皮房子

吹动东墙上的太阳系运行图

吹动南墙上贴着的地质勘探形势图

风吹得猛了，长条桌上的地球仪开始晃动

勘探队大本营南，是史书记载的克斯勒塔格佛寺

唐玄奘西天取经时曾在此停留并扫塔

得闲了，我会到佛寺看一看

我总觉得，时间是可以折叠的，唐玄奘是不老的
且必定会再次从佛寺前经过
如果那样，就邀请唐玄奘来勘探队喝杯茶
再顺便讲讲取经的故事

勘探队大本营北，隔着一条河
山顶上有坍塌的汉代烽火台
得闲了，我就一次次地爬上去
烽火台内，除了虚无与浮尘
除了牧羊人留下的一堆堆篝火灰烬
偶尔还有麻雀在飞

历经千年，这大唐古道为何依然能够通向远方
我们的勘探大本营又为何偏偏驻扎在此
傍晚时分，我坐在大唐古道边
听着风声，流水声，陷进阵阵惆怅
难道，大唐帝国不仅没有远去，还化形藏于我们勘探队中
成了一顶帐篷或一个队员

而我，为何也是一名勘探队员，还在这大唐古道边
捡到了一块汉唐瓦片？

之三

在通信卫星导引下，我们继续前行
过冰山，跨断崖，蹚沼泽，走大漠

我和勘探队已经前行了三十年
我们的天空是蓝色的期待，而蓝色的期待又是空远的天空

不要问汉代的宫殿在哪，也不要问唐代的月亮
明清的市井与记忆，都去哪儿了

傍晚时分，我站在勘探指挥车上
我把红色工装当作生命之旗，使劲地挥舞

我要告诉伟大的孤独之神，我们勘探队只要在行进
前方的路就会不断地伸延

之四

在过于空旷的无人区读诗容易陷进另个时空纬度
我曾因为大声读诗
不由自主地跟随诗句来到汉唐
还有一次，读着读着
跟着另一首诗穿越到了未来

风在舞蹈，水在低吟，黄金在奔跑，石油在恋爱

我读罢一首，再读一首

不经意回首时才发现，不仅空旷的无人区

其实整个地球，连同宇宙的星辰

也全都是一首首诗

并且，当勘探的炮声响起

诗歌还会随着地震波进入地表

然后穿过地壳，进入更深的地幔、地核

刚才，我小声读诗集《无人区》中的一首小诗

恍恍惚惚，误入三百年前的一个小城

为了不把道路迷失，我不得不暂停读诗

把打开的诗集轻轻合上

之五

不要问地球到底经历了什么

穿越漫长的光年

它自会记得前世的旅途与灯火

其实大戈壁上的太阳

不过是远古的一个苹果

而万千恩怨情仇

只是吹过地平线的一缕旋风

甭管严寒，还是酷暑

暂时，还没有谁能把星空与地球

从大戈壁身边偷偷掠走

其实啊，大戈壁才是永远的等待与修行

就在大戈壁之上

太多太多顽劣的石头，渐渐大彻大悟，有的当了宝玉，有的

成了玛瑙

有的做了金刚

之六

有人从一首诗中醒来

有人试图把八千里勘探区带进一首诗

有人把野马交给大风，把钢缆交给命运

勘探队则把我交给一首流浪之歌

如今我也说不清是我离不开远方

还是远方离不开我

我们能否在一年又一年的勘探征途上

找到人类迷失的故乡

这一切都是不解的谜。可喜的是，脚下的地球在茫茫宇宙

之中

日夜穿行，不知疲倦

特别像是一位勘探队员

之七

勘探者的前身也许并不是勘探者
而是昔日无人区的野石头，或一次回眸或一个梦

就在无人区的影子中
曾有的那些野驴、那些野骆驼
那些鹰、那些沙狐、那些梭梭、那些红柳
还有远去的王朝、辉煌的城堡
也许依然存在

千年万年已逝，除了寻找石油与黄金
勘探者肯定还另有使命
怎奈因为远离了俗世，又一直背对着命运的指令
我已记不清到底要去哪儿

勘探者的太阳啊，从地平线上升起后
总是滚圆又辉煌

之八

在无人区写诗，是件大事情
因为诗是唯一的时空隧道

写着写着，勘探队的老杨

成了史书上那位西征未还的大将

东汉的班固、班超兄弟就真的藏身于我们勘探队中

他俩已是测量组员工崔明、崔建兄弟

我还看到了徐霞客

历经九九八十一难后，依然喜欢风餐露宿、跋山涉水

他现在是我们勘探队的一名卡车司机

写着写着，勘探队

就有了一个伟大的王朝

有了横跨欧亚的帝国

总是这样，我不必查看勘探队花名册，只需人脸识别

就有可能认出谁是国王，谁是宰相

昨天，当我摊开施工图

我惊讶地发现，就在图中

居然另有一大片星空和一个月亮

而勘探队能够探明能够找到的地质宝藏

一直藏身于一朵摇曳的淡黄小花

鉴于此，我打算给淡黄小花这位小美女颁发一个诺贝尔物理

学奖

再给月亮颁发一个文学奖

之九

一个人需要走多远

才能让罗盘和指南针不再孤独

一个人不时敲啊敲，一个人能否用一把地质锤

找到并敲开不为世人所知的地球之门

一个人的月亮如果不从梦中出发，那就只能从云端启程

它漫长的旅程必须是柴达木、阿尔金山、罗布泊、昆仑山、

藏北、准噶尔

一个人的岩羊在天山上奔跑的时候，野马已归来

一个人的胡杨树若有所思的瞬间，大风已呼啦啦刮响

一个人越走越远，一个人扎下帐篷

一个人已不再是原来的自己

之十

向着无限的宇宙，跋涉啊，远行

一边寻找人类丢失的金钥匙

一边寻找藏匿在石炭二叠白垩纪的宝藏

一沙一世界，能否以无限小的原子或中子为探区

再建立一支勘探队，让庞大的震源车
轰隆隆地开进一粒黄沙

地质勘探构造图之上
十二级的大风正在刮起
一只高飞的大雁
已从蒙古高原向着塔里木河方向飞

随着金木水火土，以及北斗等众星辰各就各位
我才发现，身边的地球
居然真的是一位勘探队员

是的。地球啊，不仅与我同属于一个不老的梦
还同属于SGC2107勘探队
地球的工号是：001

荒漠书

几十年了，有一个大漠
还有一个戈壁，悄悄住进了我的身体

当我行走在大街上
极少有人知道
有些时候，大漠和戈壁与我的方向并不一致

我若孤独
必是大漠卷起了沙暴
我若走投无路
肯定是戈壁遇到了断崖

还好，每当风和日丽
天也就蓝了，也就空了

我不停地走啊，我在荒漠与俗世之间
空旷又虚无

骆驼刺开花

戈壁滩上，骆驼刺不喜扎堆
东一棵西一棵

骆驼刺也开花
星蓝色，还带着
淡淡香气

只是，花儿太小
一个人必须俯下身
仔细看
才看得到

今天我又来了
找了半天
却发现小花儿
可能太自卑，也可能是太寂寞了吧
大都忘了开

大地之神，就是那个最美女勘探队员

当太阳越来越高
扎下的帐篷，响起了隔世琴声

尘俗有梦，泥土即金
就在她转身的同时
星辰已让出远方

天气暖了又凉
背包轻了又重
枯干的梭梭草，轻轻摇晃着
不老的光阴

多好呀，蔚蓝色的天空，连同一支现代化勘探队
正跟着她
在大地上奔波流浪

克拉玛依之晨

早晨，大风真的停了

百里戈壁滩上

勘探队的工人们

还在睡梦中

早起的我在帐篷外

端着缸子刷牙，伸懒腰

突然发现两米之外

一小块戈壁玉

正抬起头

以透亮的眼光

望着我

夜宿支边农场村

从罗布泊无人区向北，继续向北

在北纬 42° 附近
越过大草滩
终于住进一个名叫支边农场村的村庄

夜深了，窗外响起
滴答雨声
我在一户村民的厢房内
无所事事

谁，是罗布泊无人区的永恒？
谁，又在为天地宇宙以及白天的阳光续命？

我踱来踱去
桌子之上，两小块戈壁泥玉
闪着
湿润的光

在星星的墓地

这墓地的准确位置：阿其尔冰山之右
哈拉戈壁之左
历史与未来的丁字路口

已逝的星星大都来自银河系
还有极少数
来自河外星系

当然，并不是所有的沙丘
都是星星的坟堆
只有那些闪耀着天蓝色光泽的沙丘里面
才埋着星星

再就是，另有一些孤独的星星
因为绝望，已化作陨石
裸露在星星的墓地

此刻，不可思议的事正在发生

有的星星

居然无比幸运地死而复生，已闪亮亮地

重回夜空

巴里坤向北：孤独之神的家乡

巴里坤向北，翻过雪山
再过两个村庄，是二十里庄破屋

从二十里庄破屋向北四十公里
是孤独之神最喜欢的二百四十里戈壁

二百四十里戈壁偏西
有两个泉眼，还有无名野花
开得很慢很慢

再向北
是后园，孤独之神的后园
有一座山是寸草不生的黑园山、一座千年烽火台
无姓，也无名

克拉玛依

克拉玛依其实是从几百公里外的
地平线上窜出来的

随着太阳一路升高的是钻井架上的天空
慢慢向西包抄，跨越了克拉玛依所有山峰与峡谷的
是浪漫的晚霞

尽管克拉玛依戈壁滩上石头特别多
黑石油都流成河了
但克拉玛依会飞，会带着牧场、带着城市
带着石油工人的歌声飞

而飞得更快的是克拉玛依的鹰
它们已沿着白碱滩、乌尔禾一线
飞到了梦的边缘

在和田河气田

就在沙漠公路的尽头，连绵的沙山
停了下来，一个大气田已等了千年

空荡荡的寂寞，挂在采气树上
当所有的时光，成了气田工人渐远的背影

更寂寞的，是从三百公里外赶来的和田河
已越来越慢，慢成了沙梁上的一缕风

输气管线旁，我不经意邂逅透明的玛瑙
还找到一块化石，亿万年的鱼

起风了，太阳轻轻摇晃，多情的流沙仿佛认识我
沙沙沙地窜了过来

春天，在戈壁滩上散步

春天到了，我西行千里

来到我的勘探队，来到戈壁滩上

傍晚，我习惯一个人

在戈壁滩上散步

有时还叫上一两位工友

不必有方向，也不需要路

只需漫无目的地走

身边大大小小的石头多么友好

在风中或坐或卧

像少年时旧友，像走散的恋人

走着走着，如果足够幸运，会遇到戈壁玉

以及她透明的孤独

02

勘探号

勘探队记

风往南吹，水向北走

有一支勘探队只能是天外部落

番号必须叫 SGC2107

必须转战星辰大海、高山大漠而不败

有一个指北针必须是老书记杨东新

指导员吴庆恩必须是一块铁

有一个名誉职工必须是作家马行

文书必须是武锋，而武锋必须勤奋

有一棵胡杨必须是腿上有伤的任长浩

有一顶安全帽必须是赵辉

有一顶帐篷必须是略带湖北口音的汪洋

有一辆皮卡车必须是王爱武

有一辆后勤供应车必须叫李志强

有一颗螺丝钉必须叫王卫英

有一捆电缆线必须叫刘辉

有两只飞燕，大燕必须是燕书强，小燕必须是燕传建

而七个女工，必须是戈壁滩上的骆驼刺

而骆驼刺必须开着淡蓝小花

当老队长王垒调到天津之后，新任队长必须是朱斯毅

必须有一些云朵，在警卫班长张立军带领下

慢慢巡视着无边的探区

夜深人静，必须有一角弯月不偏不倚，刚好挂在

SGC2107 的旗杆上

行进啊，罗布泊！

行进啊，一个罗布泊，一支勘探队

行进啊，影子移动着，幻觉移动着，一片盐沼
跟在另一片盐沼身后

太多的死，太多的生
白茫茫的
极似一座座城池，又似大片楼宇
走近了，只是大片的雅丹土堆在风化

行进啊，把史书上的楼兰，把神秘的白龙堆
统统丢在路上

行进啊，把勘探卡车废弃的轮胎
把我的破帐篷
把大地的疲惫也丢下
行进啊，管他宇宙星球之间

还能有多少罗布泊？

行进啊，我的手腕之上，魔鬼指北针
在轻轻抖动

一支勘探队

转过身来，把自己扔给荒原
再把灵魂托付给远方

就让一天又一天的地平线
一次次吞掉夕阳
就让帐篷外的野草
在雨水中疯长

谁啊，吹口琴
谁啊，点起熊熊篝火

当荒原扎下帐篷
荒原就是世界的中心
请看啊，大伙多激动
正在摔跤较劲呢。
而另一边
距离帐篷三四百米，五六匹草狼，眼睛里投射出幽蓝的光

勘探小站

方圆三百里，仅有的两栋铁皮房子多么安静
仪器车上的天线多么安静

冬去春来，当鹰飞远
小站四周的骆驼刺自会悄悄地开花

小站，小小的勘探小站
能够放慢脚步
当一名勘探工人也好

小站，小站，一个人在小站上生活久了
自会习惯与孤独打交道
自会用孤独
把一个地球轻轻转动

勘探小分队来到可可西里

勘探队旗，呼啦啦
展开天空

山顶上有水
地质图上有大面积的孤独
我们要找到的
宝藏，依然隐形

帐篷前
推土机挨着加油车
便携式液化气炉之上
馒头冒着热气

一只雄鹰，疑似一把可以打开可可西里的秘密钥匙
从白云之间
一次次显露
又收起

在准噶尔的勘探队上过生日

先是大风停了下来
紧接着，太阳出来了

天气多么晴朗，站在大卡车上
可见百里外天山雪峰

午饭时，炊事班的师傅特意给我送来
一大碗鸡蛋挂面，外加两个甜饼

曾有算命先生说，我本土命
身边自有山河，吉祥方位在西北

我坚信，我的生日也是某块戈壁石
或某棵骆驼刺的生日

吃罢午饭，我没有找到戈壁石，就把自己的一瓶矿泉水
浇给了帐篷外一棵骆驼刺

在勘探队

在勘探队，我有三个家
无人区
开满梨花的园子
帐篷

我还有三件宝
指南针
短刀
天上弯月

这几天我背着一袋干粮
翻过了
两个沙漠
一座冰山

不知不觉
我越走越远

回头看时
已误入命运和时空之外

可是，我膝关节有伤
不敢再向前了
只好抄近路
悄悄回返

大年初一：在航行的海轮上

起风了，轮船在摇
大年初一凌晨的大海也在摇

更大的浪头，让轮船蹦了起来
翻了煮水饺的大铁锅

大海你就撒野，你就发疯吧
这并不影响新一年的开始

天亮了，舱内挂钟嘀嗒嘀嗒
海燕们照样穿上新衣，或滑翔，或低飞

我颠簸，我晕船，我连早饭都没能吃上
也依旧又长了一岁

大年除夕，到海上工作

大海还在梦中激荡
我却一次次试着劈风斩浪

那时我满怀豪情，认定整个世界
都像大海一样

除夕这天，祖父说"过年了
别人都往家走，你却往外走"

可那天，我为了工作
还是背起帆布包离家跑到了海上

后来随着祖父离世，我开始后悔
当时没有把大海暂时放一放

如今，大海依然停留在那儿，除夕依然年年再来
人间啊，却再无我的祖父

勘探途中的罗布泊

就这儿了，把帐篷扎下
就让炙热的太阳挂在帐篷门口吧

推土机，加油车，发电车，通信车
大都散布在白色的雅丹堆中

高坡之上，那挥动蓝色信号旗的
是勘探队的一个测量工人

一些热风，不停地吹过来
吹石头，吹白骨，也吹风干的历史

至于地平线上几头野骆驼，请随便吧。它们幽灵一样来了
又转瞬不见影踪

勘探卡车，夜半过陕北

狗吠渐息
山路开始拐弯

卡车减速
再减速
汛期的窟野河
汹涌起来

山脚下人家，厂房
零零散散
影影绰绰

当卡车开始爬坡
半个月亮，却扑棱棱躲进云中
那动作
仿佛一只
受惊的山鸡

我们在大海上打井

我们在大海上打井

打一口月亮的井

打一口太阳的井

打一口星星的井

我们在大海上歌唱

我们在大海上起舞

我们在大海上悲伤

我们在大海上祈祷

我们在大海上打井

把白云打到海里

把雷电打到海里

把梦境打到海里

我们就是要在大海上

打一口通天的井

让前世的石油，让孤独的石油

从亿万年前的另一个世界

奔流到人间来

准噶尔勘探日记

第一天，我们搭起帐篷
太阳烘烤

第二天，一群准噶尔野马，从地平线那边来了
又慢慢远去

第三天，明月当空，沙丘起伏
准噶尔在一呼一吸之间

第四天，米没了，水没了
我们翘首等待运送给养的卡车

第五天，我们等来的
只有一阵阵热风

第六天，运送给养的卡车终于来了，准噶尔的勘探生活
又回到了第一天

雪原之上，跟随勘探队穿行在零下 41°C 的极寒中

雪原之上，跟随勘探队在零下 41°C

的极寒中踏勘，奔波

真的很冷吗?

一天又一天，穿行在其中

只穿一件单衣当然不行

但是，当我穿上加厚的棉工衣

再戴上大棉帽

所谓极寒，居然变成了暖春

雪原很大，雪原通天

雪原的背面是三千里黄沙，是古尔班通古特

踏着没膝积雪

迎着零下 41°C 的雪花

才知积雪和雪花其实不是雪

而是勘探队员们的又一件棉工衣

是暖，是软

是隔世的棉桃在开花

03

戈壁号

和布克赛尔小城以北

和布克赛尔小城以北
有一棵胡杨树

这么多年了，我在西部
总能看到一棵或几棵，北极星一样孤单的树

下午时分，我把勘探队的
蓝色卡车
停在了胡杨树下

二三十公里外，停着的一长列青黛色大山
火车一样
可能也会开走

戈壁记忆

空是风
虚无是另一阵风

前世，人和事
大都已忘记

从北走到南
又从南走到北

一个人，只记得这一地三三两两、简简单单的
小石头

柴达木的蓝

偏僻的蓝

辽远的蓝

越来越寂寞的察尔汗盐湖的蓝

轻的蓝

虚幻的蓝

沉睡的蓝

不老的蓝

远去的吐蕃和大唐帝国的蓝

风的蓝

戈壁的蓝

从小柴旦湖到柴达木山

渐高的蓝

羞涩的蓝

单薄的蓝

骆驼刺盛开的小蓝花

小了又小的蓝

下午的蓝

天的蓝

跟在一列运煤火车后面，咔嚓，咔嚓

行走的蓝

无名戈壁谣曲

戈壁的鸟兽
哪儿去了？戈壁有玉

戈壁的风为何
从左刮向右？戈壁有玉

戈壁的月亮为何
那么小那么亮？戈壁有玉

千百年了，戈壁为何坦坦荡荡
还长达千里？戈壁有玉

是的，为何这戈壁无名，为何这戈壁都远离众神又远离俗
世了却依然温暖？

戈壁有玉

大戈壁滩：一个人的基站

那天我一直在大戈壁滩上行进
颠簸的路上
突然发现高高的沙堆顶上
蹲着一个打电话的人

那是一个人的沙堆，一个人的手机基站
一个人的信号发射场
矗立在大戈壁滩上

傍晚光线昏暗
闪烁的手机屏面却分外醒目
旁边，还有一只狗
后腿不停地刨着

手机通了，再大的大戈壁滩
也会变小的
所谓远方，所谓天涯

不过是高高沙堆之上的

一缕轻风

我静静地望着，就像望着远方

望着另一个自己

准噶尔油区的冬天

在零下 51 度的准噶尔油区
在有电暖器的夜里,
隔着双层玻璃
投射到窗下的月光
还是结冰了

早晨巡井,马达正常
油井参数也正常
油井控制柜上
却有一只冻死的猫头鹰

我戴着棉手套去拉拽
没能拉动
我用拳头捶打控制柜的挡板
唉,那猫头鹰啊

它居然与控制柜的挡板,连同石油工人的冷和孤独
冻成了一块铁

戈壁滩上的月光

穿过一片戈壁后
勘探队的卡车，又放慢速度了

其实，勘探队已不是原来的勘探队
好多工友已经退岗
她也离开了

勘探队的卡车，请随便
你该加速就加速吧

毕竟近几年，我身边这些月光，随着年龄渐大
已不再怕碾伤

戈壁滩一日

上午，一辆加重摩托
灰头土脸闯了进来，又突突突走远

中午，有一小股旋风
远远地来了，又落寞地远去

下午，两大朵白云远远地来了
可它俩走着走着，就不知闲逛到哪儿去了

难道，人间如幻
所有来这儿的皆是过客？

天黑了，我发现大戈壁滩其实并不孤独，高高的夜空
准时为它升起了一弯浅月

塔城东戈壁

帐篷门口
有一个马扎坐着就可以了

风停了，鹰飞远了
灰蓝色的天空分外轻淡
有一双眼睛就可以了

不需要抽烟，不需要有酒
清茶，白开水，手机或电脑，也不需要
有一匹马儿就可以了

在塔城，在东戈壁，太阳想落下就落下吧
有一个黄月亮慢慢升起来也很好

戈壁巡井

空寂，天寒
戈壁滩砂石路的前方
猛兽出没

我尽管有棍棒在手
还是有些恐惧
走着走着
抬头望，就在抽油机上方，黑夜已为我悄悄磨好了
一刀弯月

木垒大戈壁之上

向北再向北

过了双泉戈壁

再三十多公里

就到四十个井子戈壁了

我不经意转身

瞥见,一棵小野菊

孤零零站在

一块戈壁石旁

好像迷路了

走了不多远,我一回头

又看到了它

它可能真的迷路了

但见它迎着风

无助而又绝望地

向我挥啊,挥动一朵

淡黄小花

在当金山南戈壁

向前，水雾升腾而起
天地如烟，如现代水幕电影

渐渐地，水雾不再是水雾，而是一个
波光粼粼的大海

靠得近了，大海也没了
只有无边的黄沙戈壁

继续前行，不远处有隐隐约约的山坡
可见小楼、街道、商店、骆驼

我以为来到了某个戈壁小镇，可到了近前
这一切又消失了

向前向前，在七百里当金山南戈壁之上
我是海市，也是蜃楼

向前向前，海市蜃楼之后

又是黄沙戈壁

戈壁小站

准噶尔盆地偏西北

有一个阿拉德戈壁滩

戈壁滩地平线上，是一个油田小站

小站很小，只有三口油井

两栋铁皮房子

小站很大，管辖的区域

没有尽头

小站很空寂

这儿的两个工人走了

天上的鹰也不见了

现在我来到了小站

我是站长，是工程师，是唯一的员工

也是一个诗人

天黑了，我的想法是，怎样把小站上空的

月亮再调亮一些

把整个戈壁滩都照亮

04

地质号

地质勘探指挥车

按钮，导线，连接着操作台
操作台控制着浩瀚的时空

一串串字符，一行行代码
能否走进生命的最深处？

恍恍惚惚，侏罗纪回来了
白垩纪回来了
恐龙的魂魄也回来了

我的身边，年轻的操作员神情专注
电子屏幕之上，线条闪烁

夜越来越深，地质勘探指挥车外，一只只萤火虫仿佛也是操
作员
也想打开宇宙之门

我把地质勘探队带到天山顶上

桩号旗，枯草，仿佛接到了密令
开始随着风摇曳

大地深处最隐秘的表情，浅灰色的勘探地震波
在计算机屏幕上，渐次显现

莫说地学假设，莫说外星生命
也莫说沧海桑田，考证中的造山运动

当我在山顶上发呆的时候，似乎真的可以看到亿万年前
的远古海水，再次慢，慢慢地涌来

人类与众生，还要走多久多远
才能找到时间之源，以及宇宙之故乡？

而现在，我能够做的，只是把一支地质勘探队
带到天山顶上

在天山大断裂带发现油气田

工作室内，我打开
三维构造图仔细寻找
动态色块纷纷聚拢，然后沉积

勘探是可以接通时空的
而时空中的蔚蓝，是可以拉伸的
此时，七百里长的天山地质断裂带
是另一个海

我已追寻勘探队三十多年
当所有的光阴被编码
谁又将成为远方的
一朵浪花，或岸边一粒油砂

甘河、三台、北三台
这些已探明的油气田
就像一条条大鱼，带着古老的生命密码，悄悄游呀游
到了我们近前

过阳关

我来了，还有我的勘探队
驻扎在阳关以西

长风，吹散白骨
千年孤寂，站在了五百里大戈壁之上

偶尔，可见一只或两只小蚂蚱
它们在地球上的年龄，可能比古生物化石还要古老

放眼望去，无论隋唐，还是落日
早就老了，阳关也老了

我跟着一辆大卡车继续前行。这一路呀，多么幸运
世界如洗，万里无云

在青海高原上

勘探工人刘明强，他说他的家乡在河北保定
我却觉得他的家乡在天上

他不时停下脚步
对着苍穹，大口地喘气

随队的医生说，他因高寒而缺氧
我却发现那是他想念家乡

湛蓝的雄鹰飞过，他眼中泪花闪烁
雄鹰都飞得无影无踪了，他还仰着头遥望

勘探路上，从来就没有忧伤
甚至没有孤独与死亡

其实此刻有两个刘明强，一个高寒，站在青海高原上
一个孤独，已随雄鹰飞远

在沙漠油田

那个从渤海湾畔来古尔班通古特的山东人
那个把沙漠油田当成家乡的采油工

那个骄傲于自己的作业技术
却没能当上沙漠油田"十佳技术能手"的伤心人

就是那个他，走着，笑着
从青年到了中年
偶尔，还望着沙漠夕阳掉眼泪

他就像一台抽油机，仿佛可以一直运转下去
可是最后，他连同他多年的老胃病
一起倒在了沙漠中

他呀，沙丘一样，孤单，静谧
废矿一样，散着淡淡的银灰

黄河：张家滩记

一个滩，一个人
一条很远很长的河

以及很远很长的大堤，在人间
说老就老了

唉，大堤老了，一年又一年的流水
又是谁的叹息？

当搁浅的帆船在河边
沉默成一个梦

当石头们、芦草们、野花们
安静下来
只有蝶儿在飞

可可西里之恋

我想安一个家

屋前是可可西里草原，屋后是可可西里山

在那里，我首先要做的是

把阳光做成我的拐杖，把月光做成手提的灯笼

然后我到可可西里深处

找啊找，找回迷失在前世的藏羚羊

一只是我兄弟，他比春天小两岁

一只是我姐姐，她比夏天还要大三月

还有一只，是我女儿

花开的时候，我就骑一头草黄色的可可西里野驴

带着三只前世的藏羚羊

走啊走，一直走到青藏铁路边

看草绿色的火车开来

在春风油田

春风油田西边沙地之上
有十几口油井，有银子一样的月光

第一年，黄羊在梭梭丛中出没
第二年，黄羊中间多了两只小羊
第三年，小羊长大了
又一年，黄羊们全走了

黄羊们走后，油井还是油井
月光看上去特别孤单
现在已是第九个年头，不知为何
黄羊们依然不回来

昨晚，我做了一个梦
沙地之上，春风轻轻拂动
我不再是我，也不再是油田员工，我是一只
走失的黄羊

天山小院中

吉木萨尔县向南
天山之中
一个土坯小院

窗前，抱膝而坐的哈萨克女子
年轻又安静

半掩的柴门外，山连着山
最远的山头
冰雪闪闪发光

请相信直觉
相信春天
她其实就是不老的天山女神
请看，在她授意下

一条来自远方的小河，寻寻觅觅
也找到了这儿

观孤东拦海大坝

向北二十五公里
向南三十公里，向左拐一个弯
再把大海，向尘世外面
赶一赶

拦，拦啊
能把月亮和星辰
也拦在外面
能让大海真的退缩吗

把大坝筑高一些
再加上一层防护石吧
试一试，能否将所有的大海
赶进一场梦

起风了，天地倾斜
但见大海一次次掀起滔天大浪

试图翻越大坝

再回来

关于塔城地区主要配比的介绍

这么多年了，塔城地区只有一小部分在人间
更大的部分在天上

塔城地区的 30%
是山脉，草原，戈壁
榆树与村舍
60% 是蓝天

而蓝天的主要成分
不仅有雄鹰，有浅云
还有幻影
以及阿魏花伞形的芬芳

还有 10%，是风
风把塔城人的孤独吹起来
吹到天上，又落下来
成为小雨

塔克拉玛干

哦，世界啊，你这些年的寂寥
孤独成了塔克拉玛干

哦，塔克拉玛干啊，更加孤独的是黄沙
每一粒黄沙都是天上星星

且看枯干的河床，成了传说
大海的贝类化石，堆积在沙山之上

而一场又一场来自天山北的大风，则从塔北吹过塔中，又吹
塔南
试图带走你和所有的孤独

05

沙漠号

在罗布泊行进

我移动着

勘探队移动着

神秘的白龙堆移动着

风化的雅丹堆移动着

大地的疲惫移动着

天空的辽阔移动着

帐篷移动着

影子移动着

魔鬼移动着

众神移动着

死移动着

生移动着

一片盐沼，跟在另一片盐沼身后

移动着

塔克拉玛干沙漠记

塔克拉玛干终于有了石油公路
公路两边，我们勘探队试着种上青草

苏州的孟雪，青岛的吴艳艳，建设兵团的小英橘
我们的勘探女工，多么年轻
多么自信，根本不怕大风吹刮
高高的沙山之上，她们唱啊跳啊
一如舞动的红丝巾

而暖风一吹，有些青草心满意足，真的就发芽了
塔克拉玛干，终于找到了
一片小小的春天

和田河沙漠气田的春天

八百里沙漠，春天来了不知道
三千里黄沙，春天走了也不知道

其实，大风的呼啸，流沙的呜咽
本就是春天在哭泣

找不到春天，我们石油工人
就以孤独和荒凉为材料，在大沙漠腹地制造一个春天

我们在沙山上钻探水井
我们必须把一粒粒黄沙的梦变成流水

我们在沙山下种植草木
我们必须让和田河气田拥有爱与幸福

这个四月，在职工公寓楼前的红柳枝上，我们终于看到春天
绽放着小小的花儿

误入沙漠森林

我在沙漠中行走
沙漠却仿佛接到了什么指令
突然凹陷，幻化成
一片森林

往里走，鸟鸣此起彼伏
有一条河流，身披芦苇与灌木
并以隐秘的姿势
与我同行
走着走着，我发现
方向找不到了

我的身边
只剩下一棵棵大树
它们阴郁，神秘
与我一样，也好像
迷失了方向

此刻，我只有走出森林

才能见到沙漠

也只有再次穿越沙漠

才能返回俗世

我摊开地图

仔细寻找

我和森林的大致方位：3 号沙漠腹地

东经 83° 26′

北纬 44° 53′

自行车

这是一片被大沙漠包围的原始森林
这是原始森林深处一个名叫月亮湾的管护站

六间平房，墙面涂成浅蓝色
窗前有田畦，已闲置
铁栅栏门上挂着锈迹斑斑的锁

这是西墙下，一辆粉色自行车
油漆脱落
车轮陷进灌木和杂草
蛛网丝纵横交错

大沙漠的腹地，古木参天
聚拢着整个宇宙的孤单

月亮湾管护站空无一人，留下了一辆
找不到主人的自行车

罗布泊的春天

这儿的春天与我熟悉的春天不一样
没有草长，也没有花开

这儿的时光很慢
明清或者汉唐
依然在路上，慢慢闲逛

我向前走了二十公里
又二十公里
所能看到的，还有白花花的盐沼地
平坦坦的远方

盐沼啊，全都卷着白色花边
像人间春卷
我拾起一小块品尝
它居然与这儿的春天
一样苦咸，且略带
丝丝寂寥

大地勘测到敦煌

走出青海，翻过祁连

我们带着帐篷

背着卫星定位仪

把远方带到了敦煌

星空来到敦煌

丝路上的琴声来到敦煌

飞天来到敦煌

轻型卡车来到敦煌

汉长城下

四月的白杨树

又瘦又高，仿佛传输信号塔

把天空接通

已三十多年

我们奔波，我们远行

把一个个异乡

一个个梦境

变成故乡，变成一组组数据

今天，莫高窟外

为了听一听那秘密的回响

我和工友们，不辞劳苦

登上鸣沙山

塔克拉玛干之声

心静下来，一粒黄沙
即是一声低吟

夜深了，星辰闪亮如鼓槌
总能把夜空这面大鼓激烈敲响

更多时候，寂寞细如丝弦
孤独成了和声

一直不知塔克拉玛干
究竟有多少空茫，多少天籁？

这下午，我坐在沙山坡上，但见落日如大钟
正轻轻荡响

沙漠黄羊

我在古尔班通古特沙漠南缘
走啊走
我要寻访沙漠油田的
几个工友

我走过北沙口
再走过一片梭梭地
简易砂石路一旁，沙坡上
突然现出了黄羊

一只，两只
还有两只，一共是四只
伫立不动
俊美而亲切

待我靠近了
黄羊才转过身

一个一个，略有迟疑地

慢慢散去

难道黄羊知道我

从此路过

难道黄羊知道沙漠里面

有个油田

就在这时，又出现了

一只黄羊

它孤单，瘦小，它小跑到沙坡之上

向我张望

跟着狐狸的爪印在大漠雪原上行走

跟着狐狸的爪印

翻过一座雪丘

又翻过一座雪丘

狐狸的爪印

深深浅浅

狐狸的爪印就是地上指南针

天上北斗

来到一棵大梭梭树下

狐狸的爪印

却不见了

我举目张望，突然不知该往哪儿走

唉，爪印没了，大漠很大

雪原很大

沙漠油田基地的两家狐狸

一家三口，两大一小，火红色毛发
另一家两口，一大一小，灰黄色毛发

它们两家会不会是邻居
如果不是邻居，又是什么关系？
平时，都是两个小狐狸结伴前来讨要食物
而大狐狸是很少来的

今日，是什么节日？
随着沙漠油田基地的路灯亮起
不仅小狐狸
三个久违的大狐狸也出现了

它们五个，仿佛作了精心打扮，皮毛闪亮，神采奕奕
进门之后，一如特约的贵客
向着餐厅方向走来

罗布泊的黄昏

天地更加空荡，视野中
除了盐沼地，依然只有一个孤悬的落日

我一个人坐着
我时常这样
我期盼落日能够看到，我正在看它
能够陪我一会儿

我高高地站了起来
使劲挥手
可落日呀，它仿佛什么也没有看到
只管自顾自，快速地
逃离罗布泊

沙狐记

这是巧合还是命定？

下午，从哈浅荒漠返回乌尔禾的路上

汽车抛锚了，等待两小时后

救援车赶来，行驶至半路

仿佛进入了另一个时空纬度

走着走着，不知为何，我特别想停下车

扭头望窗外，不可思议的是

但见十几米外，有一个沙狐

貌若天仙，直摄人心魄

正因为抛锚，等待救援把时间耽搁

正因为我突然想停车

我与她才不迟不早刚好偶遇

或许，千里情缘难舍

或许，她还记得前世的站台与明月

我跳下车，她却转过了身

她走了不多远，回头看看我

也许是看方向

然后就头也不回，带着我的困惑与惆怅，也带着我的孤单

消失在荒漠深处

06

矿区号

大戈壁滩上的铁皮房子

人到中年，天下无事
大戈壁滩依照大风和小石头的意愿，开始重新布局

地质勘探者来了又走，唯一的铁皮房子
被我涂成天空的蓝

门不必关，窗不必关
我在铁皮房子里面看书，写作

想念谁了，就到门口坐一坐
饿了，就用电磁炉煮挂面

这是我梦中的世界啊，它南北通透，一边是地平线
一边是隐约的雪峰

荒漠中的勘探基地

小河堤坝越来越矮了
瘦瘦的春天，开着小喇叭花儿

我们有卡车，有学校
南墙下的大铁罐油漆锃亮

我的西邻，是两只刺猬
东邻，是来自河南巩义的锅炉工张根柱

我比春天还年轻，我以为勘探基地
就是永远，就是一切

星期天，我骑着自行车沿着砂石小路一直走，在日落之前
可临近一个坍塌的烽火台

哈浅 22 石油井

想调离的，就让他调离吧
应该留下的，自会把哈浅 22 石油井当作永远的家

这么多年，井中褐黑的石油流淌
井口四周，东西南北方圆八九十里
全是彩色的石头

金丝玉，玛瑙，彩泥石
就像诸多生命场中的我们
都是内含孤寂与梦想的彩色小石头
有名无名的孤单小石头

你看哈浅 22 石油井的那位女工
她真是幸福，她无论坐着站着，还是一个人独自走着
所有彩石
都在为她闪闪发光

渤海湾边

世界，在渤海湾边
是一个小小的城

更小的城，可是门前的
一朵花儿？

此刻，祖父在饮酒
祖母在晒太阳

而一朵花儿之上，一只蜜蜂只那么轻轻地一飞
城门就关了

我们来到 A-5 号采油站

A-5 号采油站
在渤海湾畔，荒野一样空寂

年轻的采油站长名叫江春花
在她指令下
A-5 号采油站黑黑的石油
沿着管线一路向南

"这儿属于地质上的燕子岭隆起
地下原油已不年轻，全都过亿岁了"

那天，江春花在讲解
铁皮房子前
一台橘色抽油机，真是温顺，一如与世无争的长颈鹿
自在，又悠闲

古尔班通古特冬天的铁板房

早晨起床，门结冰了，推不开
窗子也结冰了，推不开
这零下 48 度的寒冷之神是在封堵我们
还是保护我们?

为了逃离铁板房
我们不得不放弃门和窗
从防爆洞口一个个地
往外面爬呀爬
——此刻，我们胡子眉毛全白了，我们就是寒冷本身
是晶莹的冰雪

走山间小路进葡萄山庄

前行一公里左右

遇第一道关

不见把守者，只见一地散落的山鸡毛

可叹守关者已牺牲

继续前行，又一公里

遇第二道关

把守者是一只蜗牛

它又黑又壮，大如拳头

临近葡萄山庄的时候

遇第三道关

把守者是一只威武又略显笨拙的大蛤蟆

它向前一步，鼓起腮帮，看了我几眼，复归蹲坐不动的姿势

大海边的工厂

我看见大海边的工厂，戴着口罩的女工
将银亮小手电的光束
照进钢管内部

宽阔厂房以及整个秋天
到底是海水呢，还是钢管？
一个人，一个女工又能否查看到
所有的空？

传送带上，钢管在滚动
在撞击。此刻
还有谁有哪朵浪花
依然陶醉于倾听一根根钢管之间
的碰撞声——

尖锐，空远
仿佛大海之琴弦

被隐形的大手

再次拨动

勘探奇遇记

在荒原之上，我遇到了城市的前生

乡村的来世，那儿的骏马比星星还多，那儿的女人比桃花
还美

要想找到那儿，须由星星引路

在雪山的另一边，我还遇到一个王国

那儿的春天像现代童话，那儿的河流比玻璃还要明亮，由于
那天我没带指北针

现在我只记得大体的方向，太阳升起的地方

在沙漠腹地，我还遇到了绿洲

绿洲上有参天的古树，有开满鲜花的田野，还有人家

当时，勘探队的老队长记住了那个地方，可惜他已经去世了

在大海边上，我还遇到一些神仙，他们正在聚会

那是石油神、白银神、煤炭神、铜神……他们比勘探队更清
楚宝藏的位置

可一转身，他们就不见了

把山河走遍，我还遇到了另外一支勘探队

领头的人似乎在哪儿见过，极像是明代的徐霞客，我不知他
们在找寻什么

等他们走远，天地空空的，只有浅云在飘荡

小枣

渤海平原之上，三三两两的小枣树
是谁的青春，又是谁的记忆？

不知为何，枣树之上
总有小枣
能够躲过大风吹刮
以及竹竿敲打

一年又一年啊
待树叶落光，天近寒冬
依然有两颗或一颗
最甜最红的小枣，表演高空杂技一样
倒挂在
最高、最瘦的
枝条上

古尔班通古特沙漠油田注采站的冬天

气温越来越低

注采站的大门打开

古尔班通古特沙漠的大门就打开了

先是狐狸来了

再后来，流浪狗来了

沙鼠来了

小鸟也来了

凡是找不到食物的

凡是无家可归的

几乎都来讨饭，安家，过冬

大雪过了，冬至过了

动物们与注采站的工人

抱团取暖，如一家人

傍晚，还没到下班时间，有些动物已聚在食堂外

等候开饭

山谷小学

进入山谷的，除了我，还有云朵
古庙，一条小路

下课了，当铁铃铛在山谷小学的屋檐下
叮当当地响起
一位青年女教师走了出来

就在她身后，一群急于蹿出教室的
身着粗布小衣的孩子
恍如一阵春风，吹了过来

她的发髻别着银发卡
她的转身，她清丽脱俗的模样
像极了传说中的山谷女神

我总是在路上，我是因为迷失方向
才误入这个山谷小学的

要上课了，铁铃铛再次响起

我惊奇地发现，对面的柳枝尽管还在微微颤抖

整个山谷的野花

却顿时安静了下来

那时的戈壁

那时，戈壁无边
戈壁上的小石头特别多

戈壁上有个勘探基地
有灰色小楼，有越野卡车，还有老人和小孩

在那儿，我上班，跑步，跳舞
小石头们，则或坐，或卧

在那儿，也不知为什么
我的梦特别多

夜深了，我睡不着，小石头们也睡不着
我就弹吉他给它们听

07

大风号

大风

塔里木，大风分两路

一路吹我

另一路跃过轮台，吹天下黄沙

大风吹在扎伊尔山

大旷野之上，大风前行
大风所向披靡

大风根本不把我们这支现代化的勘探队放在眼里
大风把卡车吹歪，把帆布帐篷一次次吹走
大风仿佛不食人间烟火

现在，大风掠过哈萨克斯坦
从阿拉山口吹过来，大风以为这三百里扎伊尔山
也是我们的帐篷

大风不服气啊。大风向着扎伊尔山
使劲地吹，玩命地吹

在大庆油田

松嫩平原，大庆油田的钻井架上
一角彩云
向左，再向右

那一角彩云多么亮丽
仿佛一面旗帜
仿佛纷飞的思绪

那是钻井工，这是采油工
那是运油的卡车，这是铁人王进喜
那是石油之都
这是多少人的工业故乡

身边的风，大起来
又小了些
可那一角彩云，不知为什么，居然不再呼啦啦吹刮
只轻轻招展

和布克赛尔小城以北

和布克赛尔小城以北
有一棵胡杨树

这么多年了，我在西部
总能看到一棵或几棵，北极星一样孤单的树

下午时分，我把勘探队的
蓝色卡车
停在了胡杨树下

不经意发现，二三十公里外，停着的一长列青黛色大山
火车一样
可能也会开走

风吹塔克拉玛干

哦，大海走了
留下的贝壳，已成化石

无边啊，万千年的光阴
黄沙与孤独

哦，一场又一场大风
又来了，你能吹走这个塔克拉玛干？

请不要停，请把全世界的劲儿都用上，你已经把死神吹得
直不起身

天边

在勘探队
天边，总是飘忽不定
有时在海上
有时在大漠

有时，山中燃起
半堆篝火
山外就升起
一个月亮

我千里奔袭
跨进地平线
却发现众多野草野花
早已来到那里

如今，我离开勘探队
加速

再加速

想把天边抓在手

可天边，却仿佛梦中的

橡皮筋

我向前一步，它就

退后一步

天山飞行计划

早晨，当大幕把宇宙拉开
阳光纷至沓来
站在我身边的天山山脉，乍看上去
极像一只待飞的鹰

飞吧，如果真能飞起来
我就乘天山一起飞
先是让整座山脉，凌空向南飞至塔里木
再向东掠过阿尔金山，进入河西走廊上空

然后走华北，入大海
借助白云的支撑
向西，折向跨印度半岛
越青藏高原，径直北飞

当飞过库鲁克塔格山，开始慢慢下降
这飞行航程大约用时三天三夜

不过，如果飞得高兴了，也有可能在半路突然拔高

飞到月亮之上

小柴旦湖边

高原东北

远离尘世的小柴旦湖边

都好几天了

一辆大巴车一直停在那儿

多么醒目，多么神秘

孤单的大巴车

橘黄色的大巴车

如梦如幻的大巴车

我徒步数公里

独自来到大巴车近前

车内空空的

窗玻璃，折射着落寞的光

背倚大巴车望去

天地空空的

唯小柴旦湖的水，仿佛一群急于上岸乘车的外星人

不停地推拥着

大海曾居住在这儿

前些年，这儿的大海
拖儿带女，到拦海大坝那一边去了

那是多么忧伤的搬迁！大海还带走了渔船、码头
波涛与浪花

大海的魂魄也走了吗？
整个下午
偌大的海退之地，一丝风也没有

只有两只迷路的海鸥，在巨幅广告牌和化工厂的装置塔之间
来回地飞

张掖和武威

雪山在南，大漠在北
张掖居西，武威在东

张掖，走着走着
走进了鸠摩罗什寺的钟声
武威，马踏飞燕
马也踏白云

是古甘州
就需点亮旷世的灯火
是古凉州
就需在远方把琵琶弹响

难怪我走进张掖，却惦念武威
来到了武威，却又牵挂张掖

且让我把汽车停下

在河西走廊，与东边的张掖，西边的武威
一同歇一歇

张掖啊武威，相隔 250 里的朝霞与落日
又过了一会儿
但见高空中有一只孤雁
嘎嘎地飞过

冈底斯山谷

天涯，地角，整个宇宙的寂寥

可能都在这里

上午过去了

下午过去了

这山谷还是没有人进来

到了黄昏，才有一辆拖拉机

突突突赶来

拖拉机上有一个围着头巾的女子

还载着几根木头

我多么欣喜啊

我想，这拖拉机

肯定会停下来

会与颠簸的砂石路一起停下来

可不一会儿

拖拉机却突突突地走了

只留下风，在草叶上

轻轻抖动

08

雄鹰号

手风琴

世界从塔城开始，而此时
塔城却从哈尔墩玫瑰小院的手风琴开始了

从傍晚到深夜，那位拉手风琴的哈萨克大叔，一直不是在
拉琴
而是在拉动一个无边的草原

Y3-1 油井的鹰

沙漠腹地
Y3-1 油井旁
一只鹰，凌空飞起

鹰越飞越高
越飞越远
鹰几近消失在我视野的时候
突然一个反转

鹰盘旋着
巡视着
鹰啊，可是 Y3-1 油井的
一名护卫工人

两朵白云来了
鹰飞过去
让过前面那朵，不知为何，却把后面的一朵
拦在了 Y3-1 油井

天山顶上

无人机在天山顶上航拍
一只雄鹰追了上去

这是一决高下，还是比翼齐飞？
不知雄鹰把无人机当成了朋友还是敌人？

无人机遥控器上写着"MADE IN CHINA"
而雄鹰，又由谁制造？

上升，下降，转向，再滑翔
谁是无人机，谁是雄鹰？

随着我扳动操作杆，无人机降落下来，只剩下雄鹰
背着孤单单的天空在飞

古尔班通古特沙漠

沙漠中
我在沙山顶上采一支梭梭枝
又在沙山半坡采一支
同时，采了一枝
瘦瘦的骆驼刺

我把它们放进帆布包
出沙漠到机场，取登机牌
要上飞机时
安检员问我这是什么
我说"这是宝贝
我的宝贝！"

山高啊，路远
它们在哪儿
大漠就在哪儿
终于，世上有了两个古尔班通古特沙漠

一个在西部

一个在我书房

古尔班通古特沙漠油田上空的鹰

一口油井之上，有一只鹰

一栋铁板房之上，有一只鹰

一个生活基地之上，有一只鹰

总是这样，每个生活点

每个作业区上空

不时有一只鹰，且只有一只鹰

甚至一个人的梦中也有一只鹰在盘旋

鹰为什么选择沙漠

为什么总是独行，却不结伴

鹰所在的天空

会不会也属于古尔班通古特沙漠油田

也在搞定岗，减员？

望着一只飞来的鹰

我左思右想

可这只鹰却好像发现了什么，它开始快速下降

突然，又凌空而去

河西走廊的孤独

鹰在高飞。河西走廊的孤独
越来越宽

忽见一片羽毛
倾斜着
飘浮下降

它仿佛就是我的翅膀
我多么欣喜
伸展双臂
快步上前去接

一阵突来的风，却把它，连同一小片瓦蓝的天
吹走了

赖春天

赖春天，男
壮族，籍贯广西，工号 0592

二十岁时，参加四川盆地油气普查
攀爬跌落，丢一条命给了悬崖

二十六岁时，参加松嫩平原地质大普查
与沼泽地一起，死里逃生

三十四岁时，进青海参加石油会战
急性肝炎，病危

四十五岁时，过黄河，参加陕北油气勘探
卷入突发的山洪，冲走一条命

他是一名地质勘探队员，命大
一九九九年

拖着旧皮箱，带着仅剩的半条命，退休登上一列火车

从此啊，他杳无音信，山依然高
路依然长

沙漠征 1-1 井

古尔班通古特沙漠腹地，砂石路中断的地方

征 1-1 井不再与世隔绝

而是工业之门，油田的一个井站

井站有天蓝色铁皮房子

还有两个值守工人

一个叫刘长军，喜欢冲着沙山大声唱

一个叫牛建强，沉默少语

在沙漠中待久了

一切都会变得朴素又温暖

包括井站上的时光

包括井站上的两只大狗

和两只小狗

夜间巡井，刘长军和牛建强在前

四只狗排成长队伴行

天上月亮，可能太寂寞了吧，悄无声地
跟了上来

吾热肯

他是中国邮政塔城分行的员工

他是柯尔克孜族

他的妻子巴依热合是蒙古族

他的大妹夫是汉族

他的小妹夫是哈萨克族

他的小院中有月季，有钻天杨

小院上空的云朵，有的来自阿勒泰方向

有的来自克拉玛依方向

他喜欢舞蹈与琴声

喜欢这个多民族大家庭

他是天空和大地的儿子，家住塔城喀拉墩街五道巷

他名叫吾热肯

大风停了，我们驻扎在昆仑山下

大风停了，卡车纷纷熄火
我们集合，扎帐篷，生火做饭

我们的番号是 SGC2107 勘探队
但我们的前身却可能是
一支天外部落

抬头望，有只雄鹰
时而盘旋，时而滑翔
仿佛正在值守

山坡上，闲下来的勘探队员打闹说笑
极有可能，传说中的昆仑山神
已混迹我们中间

木垒黑戈壁

木垒向北百里
是漫无边际的黑戈壁

再百里
还是黑戈壁
偶尔也有高坡
可坡上寸草不生

黑戈壁，黑色戈壁石
会不会信奉极简主义
并掌握着生命之密码?

终于，有比黑戈壁还要黑的鹰飞了过来
可鹰呀，仅仅盘旋了一圈
就没了踪影

木垒哈萨克大牧场

马群的后面
骆驼群，驮着帐篷
缓缓而行

骑摩托车的牧人
一手扶着车把
一手高举酒瓶

沙泉边的大树
篱笆墙，哈萨克村落
似乎也想迈动脚步

木垒大牧场
它这是要到哪儿去？

举目望去，但见天边
三五朵白云

先是向左，后又向右，正向导一样

在导航

09
星空号

准噶尔盆地行记

准噶尔盆地的东面，走着七百里长风
西面，卧着八百里戈壁

准噶尔盆地的中部
有两条河流，已枯干了千年
还有沙山，正在熟睡

是的，准噶尔盆地并不荒凉
它只是厌倦了繁华

在这儿，某些星星
如果累了
依然可以从天上跳下来
化作戈壁石

这个下午，在准噶尔盆地的木垒哈萨克
我随手捡起的
一块戈壁石，内含星光

柴达木荒漠上的勘探驻地

左是大柴旦戈壁，右是柴达木盐沼
搭乘施工卡车
探亲的女子来了

探亲的女子啊
头戴遮阳帽，模样四十多岁
手提拉杆箱
她把从家乡带来的香烟和点心
分给工友们

勘探驻地有食堂
有加油站
有一百多顶帐篷
有孤单的风
勘探驻地上的日头
渐渐西斜

夜深了，有一顶勘探帐篷外，月亮特别地羞涩

星星特别地娴静

嘎嘎——嘎的大雁声

嘎嘎—嘎
大雁似乎就在天上
抬头看，却啥也没有

好多年了，一直这样
忽听大雁就在天上
却就是看不到，也找不到

会不会，大雁本就是幻象？
会不会，天空和大地全都患有幻听症？

此刻，我恍恍惚惚
再次听到—
嘎嘎—嘎
我抬头去看，我站到墙头上去看，天上依然一无所有

阿魏花

世上存量极少的花
仅生长在亚欧大陆最中心——
巴尔鲁克山一带的花

阿魏花啊，头顶一张这么夸张的大伞
你可是天庭来的伞兵？

可字典上说你是多年生草本
多年，是多少年呢？
莫非这事关你和巴尔鲁克山的
前世？

阿魏花，阿魏花
你就索性告诉我，此刻
是阿魏花开一座巴尔鲁克山
还是巴尔鲁克山本就是一束阿魏花？

罗布泊星星

这儿是无人区吗？这儿石头安静，风儿清凉
这儿的一切皆是一名勘探队员的幸福

夜深了，勘探队众兄弟已睡着
我舍不得睡
我从驾驶室跳下来，站到高坡上望星空

一颗，又一颗，天上星星
无论远近，居然全都出来了

还有呢，我的，甚至整个人类丢失的
一个个梦境
也好像都来了

塔城

极散漫极散漫的白云，大片的青黛色天空
在红瓦房顶上
真是寂寞啊，似乎都要睡着了

一座又一座唯美的大山
左边，油菜花开无边无际
右边，麦田青青

无论从哪个角度看
这都不像是人间，而像是传说中的
秘境，仙界

是啊，如果这真的是仙界
那塔城的我，又会不会是另一个我？

正困惑呢，但见荫凉的榆树大道上
一个骑自行车的哈萨克少女，已轻风一样
穿行而去

平山湖飞鸟谷之恋

越向里走，飞鸟
落在谷底的羽毛越多

走着走着，我就落在了
旅行团的最后面

我一次次停下脚步
一次次弯腰，将羽毛捡起

望着高高崖顶之上
湛蓝的天
我有些恍惚，依稀记得

千年前一个下午，就是在这儿，我和你曾伸展着羽翅
悠悠地飞

渤海平原上的海岛金山寺

千年，大海
都退到七十公里之外了

金山寺山门，总是
关闭
又打开

据说，大唐王朝的玄奘法师
也是从这儿出家

其实啊，暮鼓即晨钟
花开就是流水

且看圆通殿前，站在台阶上的那位青年僧人，双手合十
衣袂如风

塔尔巴哈台山上的麦田

塔城外，俗世中
星星一样美的麦田

天亮了，大朵的白云来了，又渐渐散去
只留下天空一样明净的麦田

从山脚涌上山顶，又从山顶往下走呀
风儿一样自由的麦田

再向前就是中哈边境线了
这极可能持有哈萨克斯坦护照的麦田

我看见一个夕阳，正在你的浪尖上，船儿一样轻轻摇荡
这大海一样辽阔的麦田

小白禅寺记

一僧，一明月
在击鼓

一山，一寺，一天星星
在传灯

一个俗家少年啊，把窗户轻轻推开，让进来
一缕风

走进泰山行宫

在泰山老奶奶的金身塑像前
我不由自主地想起离世多年的奶奶

恍恍惚惚，我看见了二十世纪
七十年代的白葡萄酒，八十年代的月光

突然间，眼中有泪
我和身边的世界，似乎都返回到了童年

在那里，奶奶年纪大了
奶奶生病了，奶奶和泰山老奶奶
是同一个奶奶

三生青海

是谁把巴颜喀拉大雪山放在这里？
又是谁让万里黄河从这里起程？

天上的星辰已老
难道，青海也会老吗？

一个远行的人，转过身来，所看见的依然是一个背影
三生的命：

青稞
白云
一朵格桑花

10

石头号

大漠中有多少小石头

走遍这片大漠
我只找到七块石头

有缘的都会来
无论大小，美丑

为何只找到七块？
七块，是七仙女，还是七颗星？

大漠寂寥，卡车发动
我得离开大漠了

却发现不远处一只沙狐，正探着头向我张望，那样子
像是又一块小石头

一个人的罗布泊

一个人随手捡起一块小石头，仔细端详
总觉得似乎在哪儿见过

很长很长时间过后
又抓起一把暖沙

一个人住久了，才知道
当繁华远去
罗布泊并不总是死亡
也有永生

天黑了，一个人背对帐篷，站在寂寥的高坡上
想伸出手
去触摸最近的星辰

大戈壁清晨

天色蒙蒙亮

帐篷外，有一块戈壁石

特别显眼

我上前几步

俯下身看了又看

我想弄清，它是泥石

还是玉？

我把它拾起

用衣袖擦拭它身上尘垢

擦着擦着，它像小天使一样

醒来，眼眸有了光

我转身再看，这时大戈壁，连同我的帐篷

也亮了

在哈罗无人区寻找戈壁玉

向前，过地平线，过大草滩
穿过南湖戈壁

不知不觉，风居然疲惫了
落在了后面

中午时分，天上白云全都慢了下来
我也想停下脚步歇一歇

我甚至想放弃寻找，想回返到哈密城中
然而耳旁，却仿佛有声音传来

"向前走，不要停，天黑之前，你得赶到那块等了你千年
还依然在等的戈壁玉身边去"

泥石玉

西北偏北
塔城阿拉德戈壁滩上
一小块泥石玉
橘黄色，宽：3.0cm
高：4.5cm

从不同角度看
可见天生天长的汉字
目前，有13个：
古、今、日、时、寸、叶、大、山、人、昨、内、习、亓

会不会，这泥石玉
是宇宙之神的一本字典？

此时，它在我的书房中
一面闪耀着塔城的光泽，一面闪耀着阿拉德戈壁滩的孤独

戈壁叙事

牧人和骆驼已经不来了
众神也好久没来了

在此安家的，除了我们勘探小分队
只有一座坍塌的烽火台，以及一些小石头

这儿冬天严寒
风也大

当天气转暖
有个别小石头，会趁着夜色，往返于前世的星辰
与今生的戈壁之间

大柴旦西山行记

没有鸟兽
没有丁点的车辙或脚印
没有草
也就不需要流水

每走一步
脚下，一块块石头
土坷垃一样
断裂，破碎

这些石头
都太老太孤独了
孤独得
已无气力

其实啊，我自从
来了这儿

就成了同样孤独的
一块石头

唉，为了不把另一些石头碰疼，碰碎
整个大柴旦
只好放慢脚步
轻轻走

月亮石头

有的石头，一有了梦
身上就有了光。比如她

在青海大柴旦，我与她偶遇时
我就惊叹，她有着与众不同的光泽

从外形看，她如同一个缩小版的月亮
从神态看，又似迷了路的女神

天庭寂寥，月宫苦寒
难道她就是传说中的月亮石头

这样想着，我侧身再看，发现她好像刚刚醒来
慵懒，又性感

坐在大柴旦的戈壁滩上

昨天，今天
似乎一切都是正好

繁华不必有，城市不必有，灯火不必有
街道或高速公路不必有

天上有白云，有孤雁
地上有轻风，有野花，有蚂蚱足矣

随手捡起一块小石头
审视半天，又放下

坐久了，略有迷惑
大柴旦是谁，这戈壁滩又是谁？

举目望去，芸芸众生，茫茫宇宙，只是一条漫长的
弧形地平线

我是雪豹

我的第一个兄弟是喜马拉雅冰山
我的第二个兄弟是唐古拉冰山
我的第三个兄弟是天山冰山

夜晚，我的第四个兄弟领着月光，沿山脊漫行
白天，我的第五个兄弟在裸露的岩石上，酣然入睡

这么多年了，雪线是我的边界
雄鹰是我的翅膀
云朵是我的方向

众兄弟在上啊，也请头顶的天空，以及那朵朵盛开的雪莲
给我护佑，给我力量

我在，冰山就在。冰山在
孤独就永在

在伊宁开往济南的 Z358 次火车上

夜深了，卧铺车厢
广播停了，打鼾，脚丫子臭

火车的名字是 Z358 次
火车顶着满天星辰，不算快但也不慢

坐在临窗的折叠椅上，我欣赏着一块
戈壁滩上邂逅的泥石玉

火车过吐鲁番北，又过鄯善北了
如今咔嚓，咔嚓地，也不知来到了哈密还是柳园

我睡不着，泥石玉就睡不着
我把泥石玉从右手心移到了左手心

借助车厢夜灯，我和泥石玉以足够的耐心
互相对视着，一同倾听火车的
咔嚓，咔嚓

和布克赛尔戈壁滩上的一块金丝玉

在和布克赛尔戈壁滩上
我一眼就瞥见了它
我弯腰把它捡起

它是一块金丝玉
也是奇石
仔细看，依稀可辨认出中国、越南、印度洋、沙特阿拉伯
还有一座最高的珠穆朗玛峰

再看，甚至看到了我所在的和布克赛尔戈壁滩
以及卧倒的骆驼

迎着太阳，我把它举在半空
仿佛举起了一个亚洲

柯克亚油田之歌

昆仑山下的石油流哪儿去了？
以地质构造图为向导，流到柯克亚来了

塔里木盆地最偏远的油田在哪儿？
在塔里木西南的柯克亚，在雄鹰栖息的柯克亚

柯克亚的千里油气井像什么？
像昆仑山盛开的雪莲，像塔里木不倒的胡杨

柯克亚为何是中国最美油田？
推开窗户，十万手工风车是青春的交响
一片片花果树是爱的信使

柯克亚，石油工人找啊找，找到了地下宝藏的钥匙
石油工人走呀走，走到了月亮之上